Cuentos
para una noche de
insomnio

Cuentos para una noche de insomnio

Jorge A. Estrada

Ilustraciones de Jorge del Ángel

NOS
TRA
EDICIONES

Cuentos para una noche de insomnio
Jorge A. Estrada

Primera edición: Producciones Sin Sentido Común, 2014

D. R. © 2014, Producciones Sin Sentido Común, S. A. de C. V.
M. Lerdo de Tejada 26, Col. Guadalupe Inn,
01020, México, D. F.

Texto © Jorge A. Estrada
Ilustraciones © Jorge del Ángel

ISBN: 978-607-8237-37-1

Impreso en México

Índice

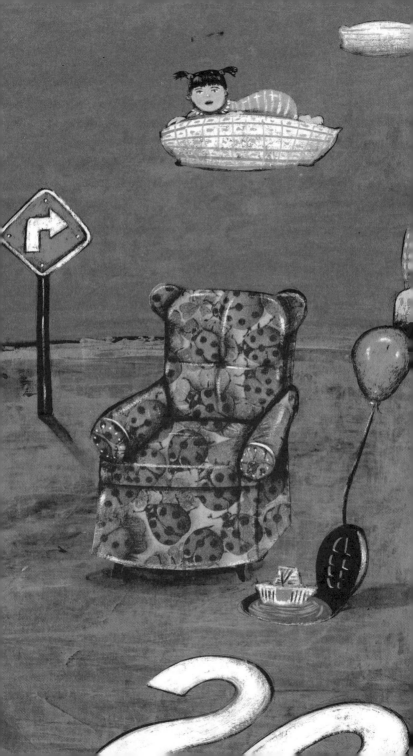

Rogelio daba vueltas en su cama porque no podía dormir. A pesar de mantener los párpados cerrados no lograba conciliar el sueño. Eran las dos de la madrugada y llevaba más de tres horas girando en la cama; masticaba su insomnio como si fuera una galleta salada.

El clima era agradable, así que decidió salir a la calle para caminar un poco; respirar aire fresco seguro atraería el sueño. Supuso que no habría nadie más despierto a esas horas, por lo que se fue en pijama. Antes de partir, se acercó a la cama de su perra Frida que, al igual que él, no podía dormir. Así que juntos salieron a pasear.

Apenas abrió Rogelio la puerta de su casa, se encontró con una señora también en pijama; ella tampoco podía dormir.

—Caminemos juntos, así damos una vuelta mientras platicamos un poco —dijo la señora.

A escasos metros de iniciado su trayecto, se les unió una pareja con seis hijos, todos con insomnio. Los niños arrastraban sus pantuflas, por lo que sus pasos sonaban como cerillos encendiéndose. Juntos, los diez insomnes, marcharon en la misma dirección; en pocos minutos se encontraron con más como ellos. Y luego otros, y otros, y muchos más; tantos, que la hilera era de por lo menos quinientas personas que no lograban dormir. Al parecer el insomnio había contagiado a toda la población.

De ese modo todos los que no podían dormir se reunieron en el parque. El sargento de policía, que tenía también insomnio, mandó encender las luces de varias patrullas para mantener iluminada a la multitud.

—Dicen que para dormir es bueno contar ovejas —sugirió un joven con pijama de franela a cuadros.

—Yo lo intenté y conté tres mil, pero es inútil, no puedo dormir —respondió una costurera que ya había sacado de su bolsa aguja e hilos y comenzaba a bordar.

—También dicen que tomar un vaso de leche tibia es muy efectivo.

—Si eso fuera verdad, yo no estaría acá —carraspeó el lechero que estaba recargado en su camioneta.

—Hay quien asegura que el baño de luna es buenísimo.

—Y nada mejor que sumergirse en una tina llena de agua caliente.

—O ponerse de cabeza y rezar siete Aves Marías.

—Yo oí en la escuela que jalarle la cola a un gato moteado atrae el sueño— dijo un niño con frenos en los dientes.

Rogelio escuchaba a todos mientras acariciaba la cabeza de Frida. Cuando ya nadie más tuvo otra idea, él opinó.

—Yo creo que lo mejor es contar o escuchar un cuento. Eso siempre ayuda.

—Es buena idea —dijo el sargento de policía—, somos tantos que seguro habrá muchos cuentos.

—Sí. ¿Pero quién empieza?

Nadie se atrevía a ser el primero, todos veían hacia el piso, a la mugre de sus uñas o a las copas de los árboles. La primera y única mano levantada fue la de una niña con pijama de sandías.

—Yo.

El silencio surgió entre los presentes, por esto la niña se puso de pie y empezó a narrar con su delicada voz el cuento de...

Leopoldo

Primero resulta importante aclarar que Leopoldo es un dragón. Su historia inicia una mañana soleada en que volaba muy cansando por el cielo. Como la noche anterior había sido de luna llena, Leopoldo no durmió casi nada, pasó toda la madrugada jugando con los reflejos que proyectaban sus escamas en las puntas de los árboles más altos.

Por eso aquel día volaba medio dormido sobre un grupo de nubes gordas. Con los ojos cerrados bostezó de forma tan distraída que, sin fijarse, en un descuido se tragó enterita una nube esponjosa. La sensación acolchonada deslizándose por su garganta lo despertó de golpe. Apenado, miró a su alrededor para comprobar que nadie lo hubiera visto. Afortunadamente a esas horas no había nadie por ahí.

Ante la falta de testigos y sobre todo por la sensación tan agradable, aprovechó para comerse otra nube que en ese momento flotaba junto a él. Esta vez masticó la nube de manera apropiada; estaba tan rica que hasta el sueño se le espantó. Encantado por el sabor, la humedad y la consistencia, voló por más nubes; comió tantas, que al cabo de unas horas ya no se veían más en el cielo.

Pero claro, la comilona lo había dejado gordísimo y ahora tenía una enorme panza que lo obligaba a volar muy bajo. Leopoldo el dragón estaba redondo como nunca antes lo había estado. Le costaba mucho elevarse y cada vez que lo intentaba sudaba como hielo derritiéndose. Intentó nadar un poco pero al sumergirse en el lago, elevó los niveles del agua mojando los troncos de los árboles más cercanos.

Trató de elevarse nuevamente y fue en ese momento cuando comenzó a sentir malestares en el vientre. Por eso mejor se fue a dormir a su casa. Sólo que esa noche tuvo tal cantidad de pesadillas, que por la mañana, a primera hora, decidió ir al pueblo para visitar al doctor.

—¡Dios mío, nunca había visto un dragón tan gordo, obeso, redondo y panzón. Más parece un balón! —dijo el doctor en cuanto vio a Leopoldo en la sala de espera hojeando una revista científica.

—He comido muchas nubes, doctor.

—¡Pásele! ¡Ándele!

Adentro del consultorio, el doctor le revisó los reflejos. Le pesó la lengua, midió su presión, temperatura y latidos del corazón. También le sacó rayos X de alas y cola.

—Amigo Leopoldo, ¡su peso es cosa seria! A partir de ahora deberá ponerse

15

a dieta. ¡Ni una nube más! Y deberá hacer ejercicio: cien lagartijas, cien abdominales y veinte kilómetros diarios: ¡diez a pie y diez a vuelo!

—¿Nubes para el postre doctor?

—Sólo una cosa le digo... ¡Una nube más y su panza explotará como piñata! Nos vemos la siguiente semana.

—¿Me presta la revista científica?

—Llévesela. ¡Pero me la trae en la próxima consulta!

Leopoldo el dragón se fue a su casa pensando en las advertencias del médico. Se preguntaba también por qué el doctor ¡siempre hablaba con signos de exclamación! Quizá era que las largas cejas le hacían cosquillas en la frente.

A lo largo de la siguiente semana, cumplió de manera rigurosa su dieta. Sólo bebía té con espinas de rosa mientras hacía sus ejercicios. Los primeros días pasaron y apenas bajó medio kilo de peso mientras su panza seguía impresionantemente igual. Leopoldo estaba muy incómodo por estar tan gordo. Ya no podía perseguir libélulas como antes, y cuando volaba, más parecía helicóptero que dragón.

Al cumplirse la semana, Leopoldo volvió con el doctor.

—¡Veo que no ha bajado de peso! —le dijo sin quitarse los lentes.

—Medio kilo doctor.

—¿Trajo mi revista?

—La dejé con la secretaria.

—¡Muy bien! Ahora debemos tomar otras medidas. ¡Se beberá esto!

El doctor le enseñó un frasco amarillo, opaco y viejo.

—¿Qué es eso doctor?

—¡Usted no pregunte y tómeselo!

Leopoldo el dragón tragó entero el contenido del frasco, que era más amargo que todos los hígados de tiburón del mundo. Al terminar su jarabe, se puso todo morado y mareado, parecía un betabel. El doctor se lo llevó al jardín de un ala. Ahí, Leopoldo vomitó, entre fuegos y escupitajos, la primera nube que había tragado el día aquel que volaba somnoliento en el cielo (la nube, desorientada, tras sacudirse el té y el jarabe amargo, se elevó al cielo); luego vomitó más: todas las nubes que se había devorado.

Unas salieron arrugadas, otras oliendo a té; algunas más tardaron en aparecer porque estaban demasiado a gusto en la panzota del dragón. Pero al final todas ocuparon sus puestos en el cielo y celebraron su libertad con un buen aguacero que dejó al pueblo lleno de charcos.

Leopoldo el dragón, por su parte, recuperó su silueta y agradeció al doctor por sus servicios.

—No es nada. ¡Ese es mi trabajo! —respondió el doctor antes de meterse a su consultorio y azotar la puerta.

Ahora Leopoldo ya sólo come nubes en ocasiones extraordinarias. En especial los días de fiesta para evitar que estén nublados: la Noche de Muertos, el Día del Dragón, el Día del Cartero y en su cumpleaños. En estas fechas elige desde temprano una nube de buen tamaño y la remoja en jarabes de sabores: piña, limón, uva o cereza. Después, la deja enfriando un rato para al final morderla y masticarla despacio

mientras el dulce resbala por su boca y garganta. Al final, tras tragarse el último jirón, de pura felicidad lanza una flama de fuego tan larga, que mide al menos doce kilómetros de largo.

La pequeña con pijama de sandías terminó el cuento y se acercó a su mamá, quien la abrazó luego de ponerle un suéter.

—¡Qué buena historia! —suspiró la costurera, mientras terminaba de bordar en su tela la figura de Leopoldo junto a una nube.

—A mí me quedan varias dudas —añadió una reportera del canal de televisión que siempre discutía por todo—. ¿Y dónde vive ahora Leopoldo? ¿Alguien lo ha visto? ¿Es verdadera esta historia? ¿Y volvió a engordar o...?

—Eso no importa, sólo es un cuento —interrumpió el joven de pijama a cuadros que permanecía recostado boca arriba—. Lo que sí importa es que, al menos a mí, no me dio sueño.

Todos voltearon a ver a Rogelio.

—Bueno, no se supone que deba de dar sueño al primer cuento ¿no? A ver, ¿quién cuenta otro?

Esta vez fue un señor que vendía guantes en el mercado quien levantó rápido la mano.

—Yo me sé uno. ¿Han oído la historia de Hugo?

—¿Hugo qué? —preguntó el helado que se había unido a los insomnes (aprovechando para venderles, de paso, vasitos y conos con helado).

—Hugo, así nada más.

Todos negaron con la cabeza, señal para que el señor guantero comenzara a contar...

Hugo

Por lo general Hugo tiene muy buen humor, y qué bueno, porque cuando se enoja se vuelve transparente. Si una suma no le sale se vuelve transparente; si amanece de malas, también, tan transparente como cuando falla un gol. Y cuidado si no logra acordarse de un sueño, porque entonces se torna por completo y sin remedio, transparente.

Hasta la fecha nadie conoce el motivo de esta peculiaridad. Por más que sus padres han querido llevar a Hugo con el doctor, no lo consiguen, porque cuando él se entera, hace un coraje tan grande que se transparenta todito, y así, ya no hay modo de encontrarlo por ningún lado.

Contrario a lo que se pensaría, Hugo siempre ha vivido muy tranquilo en medio de sus desapariciones eventuales. Sólo hay algo en el mundo que lo desquicia como nada: Magdalena, su hermana. Ella es seis años mayor que él y es odiosa. Los ojos que tiene son tan grandes como los de un camaleón, su cuerpo tan flaco que recuerda a un signo de exclamación, y sus piernas son chuecas como unos paréntesis. Pero lo que más odia Hugo de Magdalena, es su colección de palabras esdrújulas.

—Ya tengo tres palabras más: válvula, pétalo y plática.

Cada vez que escucha a su hermana presumir sus nuevas palabras, Hugo mejor se encierra en su cuarto para evitar desaparecer. Y es mejor así, porque si no, pasa lo que pasó apenas hace unos años...

El problema comenzó cuando se acercaban los quince años de Magdalena. Ese día, Hugo estaba de lo más tranquilo en su cuarto, terminando de chupar unos huesos de durazno, cuando escuchó unas voces que se colaron hasta su recámara.

—Vamos juntos a comprar el vestido de Magdalena —dijo el papá en voz alta—. Acabo de leer en el periódico que hoy es el día de la familia.

—¿Y Hugo? ¿Andará desaparecido? —preguntó la mamá.

Los ojos de Hugo se abrieron de golpe. Sus papás querían ir a comprar el vestido de quince años de Magdalena y encima querían llevarlo a él. Hugo intentó enojarse pero estaba demasiado contento por los duraznos. ¿Qué culpa tenía él de que alguien hubiera decidido que justo aquel día, era el día de la familia? Intentó esconderse pero sus papás le vieron los zapatos bajo la cortina. Hugo les advirtió que no quería ir pues conocía muy bien las indecisiones de su hermana, pero sus padres no le hicieron caso y sin tomarlo en cuenta, se lo llevaron al mercado por delante, dejando los huesos de durazno todos regados en el piso.

—Éste es muy bonito —exclamó Magdalena del primer vestido que se probó, un modelo rosado todo cubierto con moños de seda japonesa y adornado con un cisne bordado en el pecho.

—Pues ése, y vámonos —concluyó Hugo.

—No sé, como que tiene algo que no sé, quisiera ver otros —respondió Magdalena, mientras giraba frente al espejo parpadeando sus enormes ojos.

Desde luego, Hugo se transparentó al instante, cuestión que no importó en absoluto a sus padres que estaban completamente embobados viendo modelar a su hija patas chuecas.

Al final, aquello resultó tal como Hugo lo esperaba: Magdalena no se decidía por nada. En una tienda se probó más de quince vestidos y ninguno le gustó, fueron a otra, y a otra, y a otra más pero nada le agradaba. Hugo se transparentó varias veces. Muy enojado, se metía en los probadores para ver cómo los espejos no lo reflejaban y entonces reía un poco, sólo de ese modo volvía a aparecer.

La tarde pasó entre tiendas, vestidos y más vestidos. Hugo estaba exhausto. Ya de noche, Magdalena se probó el último vestido en la última tienda.

—¿Qué tal éste?— preguntó la mamá emocionada.

—Está lindo… ¡pero ya sé cuál quiero! El rosado de los moños, el que tiene el cisne en el pecho.

—¡El primero que vimos!— gritó Hugo, tan fuerte, que despertó a la empleada que se había quedado dormida.

Hugo hizo tan tremendo coraje que la transparencia ya no se le quitó; ahora sí se quedó invisible. Incluso rompió su marca de seis horas. De hecho, pasaron dos meses y seguía transparente. Tal vez fue la combinación de corajes, vestidos, duraznos y el día de la familia, quién sabe.

Pasó el tiempo y Hugo seguía transparente; e incluso cuando se celebró la fiesta de quince años de Magdalena, seguía invisible. Por eso cuando su hermana, como correspondía, bailó el vals con él, parecía que ella bailaba sola. Los invitados que no conocían a la familia, ni a Hugo, pensaron que era una idea moderna de la niña o que de plano estaba chiflada; tal vez por eso le aplaudieron tanto.

Pero ni siquiera al terminar la fiesta ni días después Hugo apareció. No podía volver a ser visible ni echándose una gran carcajada, remedio infalible en otras ocasiones. Y sufría; él quería volver a verse pero no podía. De pronto lo divertido ya no lo era tanto. El pobre Hugo se sentía muy solo. Trataba de jugar con su perro pero éste no lo veía y se recostaba a bostezar. Era muy difícil ser el único invisible en un mundo donde todos son visibles.

Magdalena sacó puros dieces ese semestre y, de fin de curso, sus papás la llevaron a cenar; tan orgullosos iban de su hija que se olvidaron de Hugo. El pobre se quedó solo, llorando lágrimas transparentes en su cuarto. A la mañana siguiente, la mamá, en vez de pedirle una disculpa, sólo puso tres platos en la mesa, y es que como no veían a Hugo, poco a poco lo dejaron de tomar en cuenta.

Fueron días muy duros para él; todos comenzaban a olvidarlo. A nadie parecía importarle lo que pensaba o sentía. Sus padres recordaron su cumpleaños de pura suerte, y eso porque caía en cinco de mayo, cuando se celebra la batalla de Puebla contra los franceses.

Tan triste estaba Hugo que no quería festejar y se pasaba todo el día encerrado. Sus padres, tras insistir mucho, finalmente lo convencieron de hacer una fiesta y le ofrecieron realizar todos sus deseos. Invitaron a sus mejores amigos, hubo juegos, piñatas, gelatinas y un pastel de siete pisos. Lo único que Hugo pidió fue que hubiera un mago: tenía la esperanza de que él pudiera aparecerlo de nuevo.

—Señor mago, quiero aparecer.

El pobre mago, al oír la voz provenir de la nada, temió que en esa casa hubiera fantasmas (no era la primera vez que le pasaba) y el sudor comenzó a cubrirle la frente.

—Señor mago, soy Hugo y quiero volver a verme.

El mago, cada vez más nervioso, volteaba a su alrededor para ver quién le hablaba pero no veía a nadie. Por estar desconcentrado, comenzó a equivocarse en sus trucos. En vez de sacar del sombrero un conejo blanco, sacó una llanta de tractor.

—Ándele señor mago, haga su mejor truco. Ya quiero que me vean —seguía diciendo Hugo mientras le jalaba el saco del esmoquin.

El cobarde mago no pudo más y salió corriendo. Lleno de coraje y tristeza, Hugo se fue al fondo de la casa a golpear la piñata. Todos los invitados pensaron que se trataba del último truco del mago pues parecía como si un palo de madera flotara con vida propia. Varias señoras se desmayaron al ver eso, otros aplaudieron, mientras un viejito enojón comentaba que él había sido mago de joven y que "el truco de la llanta era mucho más complicado".

Casi al final de la fiesta las luces se apagaron y alguien encendió las velas del pastel. Nadie sabía si Hugo seguía ahí. Pasó el tiempo, las velas casi estaban derretidas, los padres cantaban las mañanitas por cuarta ocasión. Entonces Hugo sopló; lo hizo tan fuerte y tan rápido, que la oscuridad tomó por sorpresa la casa. Una vez que se encendieron las luces todos descubrieron que ahí estaba Hugo otra vez. ¡Al fin! ¡Era de nuevo visible!

Durante el tiempo que pasó transparente, Hugo cambió: le habían salido pecas nuevas, su cabello había crecido y un fleco le tapaba la frente. Además, ahora era chimuelo pues se le habían caído dos dientes. Algunos amigos no lo reconocían. El viejito enojón dijo que ese truco era muy malo, que él había sido mago de joven y que "no era comparable a la llanta de tractor saliendo del sombrero".

Pero Hugo no sólo cambió físicamente. Tanto tiempo invisible y solo, lo hizo ver las cosas de otra manera. Observar a las personas sin ser visto le

hizo comprender que al final le gustaba la gente y que sus corajes a veces lo alejaban del mundo. Pensaba reducir un poco tanto mal humor. Ahora disfrutaba las miradas que se clavaban sobre él y lo hacían reír de alegría. Tan cambiado estaba que hasta le dio un regalo a Magdalena: una lista con veinte palabras esdrújulas, ninguna de las cuales tenía en su colección.

Así, la normalidad volvió para la familia. Lo único que cambió fue el peinado de Hugo, y es que le había tomado tanto cariño a su fleco que no quería cortárselo. Sus padres accedieron a dejarle largo el cabello; pensaron que era mejor así, pues ¿qué tal que lo llevaban al peluquero y se enfurecía otra vez? Y si se enojaba mucho y desaparecía, tal vez no volverían a ver a su hijo en muchos años. Tal vez hasta que ya fuera un señor. Un hombre respetable de cuarenta años con barba, bigote, corbata, esposa, dos hijos, lentes de aumento, una mascota y dos coches, uno de medio uso y uno medio nuevo.

Por eso mejor le dejaron el fleco, al fin ya algún día se le pasaría el capricho.

Esta vez el vendedor de guantes se llevó una fuerte ovación por su cuento. Algunos vecinos le aplaudían y otros lo felicitaban de mano, unos lo palmeaban en la espalda mientras el heladero le ofrecía una paleta de mango a mitad de precio.

—Siento que le falta un final al cuento —opinó una viejecita que tenía un hermoso collar con la silueta de una sirena.

—A mí me gusta así —respondió la costurera.

—Si yo tuviera que ponerle un final, diría que Hugo aprendió a controlar su invisibilidad. Como un superhéroe —añadió la niña con pijama de sandías.

—No, porque se enojaba mucho; los superhéroes tienen un buen carácter.

Yo digo que su hermana se convirtió en abogada— susurró una voz misteriosa desde el montón.

—Yo escuché una vez que hay superhéroes enojones…

Así empezó una escandalosa discusión. El sargento de policía tuvo que gritar con el megáfono de la patrulla para que todos se callaran. Sólo así se calmaron.

—¡Ahí hay un gato moteado! ¡Vamos a jalarle la cola! —gritó el niño con frenos en los dientes, pero al ponerse de pie, su mamá lo agarró de la oreja.

Estaban todos muy emocionados con la sesión de cuentos. Ahora eran al menos cinco las manos levantadas. Hubo que elegir el orden apropiado para contarlas. El sargento de policía fue quien decidió que se hiciera por orden alfabético.

Alberto Abascal Acevedo fue el elegido para continuar.

—La historia que voy a contar es un poco distinta a las anteriores; sólo espero que les guste, o al menos que les dé mucho sueño…

Aníbal

De todas las miles de moscas que vivían en el viejo lote baldío, Aníbal era la más floja de todas. Aníbal, una mosca panteonera de color verde, se pasaba todo el tiempo recostada en la cáscara de una nuez que un día adaptó como hogar. Él era el menor de doscientos hermanos moscas, hijos todos de un matrimonio mosca muy respetado entre la comunidad mosca. Aníbal era pues la vergüenza de la familia. Pero así era él, nada lo motivaba a moverse; en vez de volar por comida, prefería caminar despacito, recogiendo migajas y moronas que los otros dejaban regadas en el suelo.

Una noche, Aníbal dormitaba mientras se rascaba las ronchas que le provocaba tanta mugre acumulada. Entonces, poco antes de caer dormido, vio en el cielo una luz intermitente que llamó su atención. Al fijarse mejor, pudo comprobar que se trataba de una luciérnaga. Aníbal, haciendo un enorme esfuerzo, se puso de pie, bostezó, desentumió sus alas y voló para acercarse hasta la luciérnaga que no lo dejaba dormir. Una vez cerca de ella, descubrió la enorme belleza del insecto tan distinto a él. Nunca había visto algo así y quiso acercarse para saludar, pero ella, al verlo tan sucio y descuidado, se apagó, por lo que ya no pudo encontrarla en ningún lado.

Aníbal hubiera querido olvidar el incidente pero a partir de ese instante sólo pensaba, día y noche, en la luciérnaga. Sus hermanos lo molestaban diciéndole que estaba enamorado. Él, para impresionarla, se bañó en un charco. Una vez limpio, buscó sobre el piso las más grandes moronas que pudo reunir para regalárselas, pero ella no recibió el regalo con gusto y desapareció nuevamente.

Entre menos comprendía Aníbal a la luciérnaga, más se enamoraba de ella. Tras mucho pensar decidió regalarle lo más hermoso que había en el lote baldío: la gota de rocío que aparecía en los pétalos del rosal todas las mañanas. Con la aromática gota entre sus patas, aguardó la noche para que la luciérnaga saliera volando de su nido.

A las siete de la noche en punto, la luciérnaga salió. Aníbal se acercó a ella y al mostrarle el regalo, ella comenzó a estornudar. Era alérgica a las rosas. La pobre luciérnaga pasó varios días en cama reponiéndose. Durante ese tiempo, Aníbal investigó los gustos de la luciérnaga entre amigos y familiares: así descubrió que los alimentos dulces eran sus favoritos.

Aníbal la mosca voló a una casa vecina para buscar algo dulce. Por recomendación de un hermano, fue a la cocina para encontrar azúcar que robar. Lleno de entusiasmo entró volando por la ventana. Lo primero que le sorprendió fue la cantidad tan diversa de colores, olores y texturas. Sobrevoló el frutero y se detuvo en un plátano con manchas negras. Agitó sus alas y caminó hasta alcanzar un grupo de manzanas a las que les lamió la superficie brillante; pero no era dulce. Voló a una cortina llena de cochambre. Entonces detectó un aroma lejano que atrajo de inmediato su atención. En un rincón, las delgadas manos de una mujer cubrían con papel aluminio la mitad de un pastel. Aníbal nunca había visto tanta azúcar en su vida, y pensó que con eso conquistaría el corazón de la luciérnaga. Casi pudo ver la cantidad de luz que le provocaría tanta felicidad. Cegado por el deseo, voló hacia el motín. Con habilidad, rodeó el pastel y se instaló en la parte posterior, escondido a la vista de la mujer de manos delgadas. Mientras calmaba sus nervios y aspiraba el dulce aroma, todo se movió violentamente y Aníbal sólo alcanzó a escuchar la pesada puerta del refrigerador cerrándose para dejarlo capturado dentro y en medio de la oscuridad.

"Sin luz, el frío es mucho mayor", fue lo primero que se le vino a la mente. Tras esa reflexión, intentó mirar a su alrededor pero fue inútil, era como si hubiera penetrado en el interior de una sombra. Al principio tenía curiosidad, sin

embargo, cuando el aluminio descendió velozmente de temperatura, sintió miedo. En su mente brotaron recuerdos rápidos: sus doscientos hermanos, el lote baldío, su cáscara de nuez y, sobre todo, la luciérnaga.

Pensó con esperanza que la puerta se abriría de un momento a otro. Como los cabellos que le rodeaban el cuerpo se enfriaban, frotó sus patas para entrar en calor. Trató de volar pero al hacerlo chocó contra un litro de leche. Supuso que si reposaba, tal vez podría reunir la suficiente energía como para emprender un vuelo más alto y duradero. Esperó, pero la intensidad del frío aumentaba a cada segundo. Sus pensamientos comenzaron a ser confusos.

Desesperado, intentó elevarse sólo para descubrir que sus alas estaban paralizadas. Sin control, cayó directo en un tazón de gelatina. Sus patas se pegaron a la superficie; luchó con todas sus fuerzas por liberarse mientras el líquido helado le entumía el resto del cuerpo.

Entonces la puerta del refrigerador se abrió nuevamente. La luz exterior iluminó su color verde y la mosca deslumbrada presenció una posible escapatoria. Trató de impulsarse pero sus miembros no le respondían, estaban congelados. Concentró todas sus fuerzas pero nada consiguió. No pudo moverse. Alzó la vista otra vez y alcanzó a mirar el frutero con los plátanos manchados y las manzanas: fue cuando la pesada puerta se volvió a cerrar.

De nuevo entre las tinieblas comprendió que nunca más volvería a salir. Jamás vería a sus doscientos hermanos ni a la luciérnaga. Ese gigantesco y frío refrigerador sería su ataúd.

Los últimos recuerdos que invadieron su memoria fueron rápidos y poco claros, el frío era demasiado intenso. Sólo una imagen se mantuvo fija y con claridad: la luciérnaga volando al centro del lote baldío. Su hermosa silueta se encendía y apagaba iluminando las plantas y la basura. La última vez que la luciérnaga resplandeció, Aníbal alcanzó a verla bien; quiso preguntarle su nombre pero no reunió las fuerzas necesarias. Y la luz se apagó de nueva cuenta, esta vez, para nunca más encenderse.

Ahora ninguno de los presentes reía; casi todos lloraban por la triste historia de Aníbal la mosca. Las luces de la patrulla dejaban ver a muchos insomnes abrazados. En algunas zonas se habían formado charcos de lágrimas. Alberto Abascal Acevedo se sentó en un columpio sin decir nada. Al mecerse, se diría que hasta el columpio lloraba con sus rechinidos. Nadie se acordaba ya del insomnio; incluso el niño que quería jalar colas de gatos moteados lloraba en el regazo de su mamá. Rogelio acariciaba a Frida que también tenía los ojos llorosos.

—Hay quien dice que llorar da sueño —dijo una señora de camisón floreado que permanecía sentada sobre una toalla mientras secaba sus lágrimas con un pañuelo.

Pero nadie pareció escucharla. La costurera se cubría el rostro con sus telas. La reportera de televisión quería decir algo pero cada vez que lo intentaba, la voz se le quebraba. Incluso la quejona viejita del collar de sirena tenía los ojos irritados y muy rojos. El sargento de policía tuvo que toser fuertemente para poder reanudar la sesión de historias.

—¿Nadie tendrá un cuento un poco más alegre? —propuso con voz quebradiza el sargento de policía, sin importarle ya el orden alfabético.

Una aeromoza que acababa de unirse al grupo e iba aún vestida con el uniforme de su compañía aérea, se levantó.

—Esta historia al menos no es tan triste como la de Aníbal —la aeromoza se sonó la nariz y limpió sus lágrimas con el pañuelo, también de la compañía aérea—, espero que les guste...

Nombres

Lo que distingue a Campo Campana de otros pueblos son los nombres que sus habitantes tienen. Y es que el padre Juan, quien bautiza a los bebés, cada vez que pone un nombre trata de ser tan original que se pasa de largo. Por eso los campocampanenses, un día, hartos de esa situación, se reunieron en un sótano secreto para buscar alguna salida.

—Tenemos que hablar con el padre —sentenció muy enfadado el señor Morona.

—Él nunca nos escuchará —añadió doña Gasolina.

—Es cierto, tenemos que acudir con las autoridades —aseguró Isósceles, el herrero.

—¡Vamos con Corcho, el comendador! —gritó Quirófano, el peluquero.

Así fueron los habitantes corriendo para hablar con la máxima autoridad del pueblo. Homónimo, el policía, los dejó entrar y hasta los escoltó pues a él tampoco le gustaba su nombre. Bisutería, la amable secretaria, al enterarse de los planes de resistencia, se unió al grupo y así entraron todos después de tocar la puerta.

El comendador Corcho, quien terminaba una charla con Cantimplora, su señora esposa, escuchó atento las peticiones. La verdad era que a él tampoco le gustaba su nombre, le parecía poroso. Convencido de que la sublevación era justificada, convocó a que todos expusieran sus ideas para revertir la situación.

Hubo quien quiso expulsar al pobre sacerdote de Campo Campana. Voces más conciliadoras sugirieron cambiar las leyes para que fueran los propios padres quienes escogieran los nombres de sus hijos. Con esa nueva ley, el sacerdote sólo podría elegir el nombre del bautizado si los padres biológicos así lo deseaban.

Granizo, el notario, redactó y leyó la nueva ley ante la presencia del comendador Corcho y el diputado Tapete; ellos aprobaron la iniciativa por unanimidad. Ahora había que comunicarle al sacerdote la novedad.

Armados de valor, los habitantes se encaminaron a la iglesia en una hilera de más de trescientos metros de largo.

Justo cuando llegaron, el padre Juan, que era lento como un bostezo, bautizaba a una bebé, la primera hija de don Módulo y doña Chuleta.

—Yo te bautizo con el nombre de... Manopla.

La gente reunida lanzó el grito al cielo. De inmediato, Paréntesis, el fotógrafo, se adelantó unos pasos.

—Padre, tenemos que hablar con usted.

—¿Qué ocurre?

—Pues que no nos gustan nuestros nombres —aclaró Charco, con su característica voz ronca.

—¡No, no, no y no! —gritó la multitud.

En ese momento, de entre el gentío enfurecido, se adelantó Balonazo, un niño huérfano de siete años.

—Padre Juan, a mí sí me gusta mi nombre.

El sacerdote acarició la cabeza del pequeño Balonazo y miró a todos.

—Pero doña Resbalosa, ¿a usted tampoco le gusta su nombre? Es muy bonito, es... deslizante.

—La verdad es que no, padre Juan.

—Mertiolate, ¿y tú?

Mertiolate negó con la cabeza. El sacerdote permaneció pensativo. Entonces el diputado Tapete le entregó la nueva ley recientemente aprobada, rotulada y sellada.

—Será mejor que lea esto.

El sacerdote tardó mucho (para leer, era aún más lento), pero al final terminó el documento. Al concluir, con la voz rota y los ojos húmedos, devolvió el documento al diputado Tapete.

—¿Y qué pasa si bautizo a un niño?

—Pues lo metemos a la cárcel.

—Si esa es la voluntad popular, yo acataré dicha disposición.

El padre, con el rostro triste, se quedó viendo a la multitud. En silencio recordó el momento en que eligió el nombre de cada uno de los campocampanenses que ahora lo rodeaban.

—Hay algo más, padre —dijo apenado Granizo. Como en Campo Campana la ley es retroactiva, deberá usted darnos nuevos nombres a todos nosotros.

El sacerdote, que no esperaba aquello, tardó algunos segundos en responder.

—Les prometo que el lunes por la mañana pegaré las listas con sus nuevos nombres en las puertas de la iglesia.

A pesar de la tristeza en el rostro del cura, los campocampanenses sonrieron al escuchar aquella noticia. ¡Al fin tendrían nombres normales!

Esa noche, antes de dormir, cada quien pidió que le tocara un nombre bonito, o al menos uno no tan feo.

El padre Juan, por su parte, cumplió la promesa hecha y el lunes, a primera hora, cada miembro del pueblo tenía ya su nuevo nombre. A partir de ese momento todos eran Julios, Raúles, Estelas, Patricias, Lupes o Josés, puros nombres simples. Los habitantes estaban contentos, ¡los pueblos vecinos al fin dejarían de burlarse de ellos!

Mientras los habitantes andaban felices repitiéndose a cada rato sus nuevos nombres, el padre Juan anotaba en un papelito, al final de su Biblia, ideas para nombres que iba encontrando en la cocina, en el campo, en algún libro o en el mercado. Para no desperdiciarlos, llamó así a sus plantas, perros, gatos, borregos, vacas y patos.

Pocas semanas pasaron para que los campocampanenses comenzaran a aburrirse de sus comunes y corrientes nombres. Primero descubrieron que en cualquier libro o revista aparecían otros que tenían nombres como los de ellos; los actores y actrices de películas también se llamaban igual. Como no estaban acostumbrados, además, se confundían entre ellos mismos, y ni qué decir de los habitantes de otros pueblos donde había mínimo tres o cuatro que se llamaban del mismo modo. Era muy aburrido y confuso. Poco a poco los campocampanenses habían perdido su principal atractivo, aquello que los hacía únicos.

Al darse cuenta de esto, tuvieron en el mismo sótano otra sesión secreta donde reconocieron su error. Tal vez el padre Juan, por tener un nombre tan común, sabía bien lo que hacía. Por unanimidad quemaron el decreto y decidieron volver con el sacerdote para pedirle nuevamente sus viejos nombres.

Encabezados por el antiguo comendador Corcho (ahora llamado Roberto) y su esposa Cantimplora (ahora llamada Diana), el pueblo entero fue a ver al sacerdote que los recibió en bata.

—Padre, queremos hablar con usted.

El sacerdote los escuchó paciente, y conforme iban revelando el motivo de su visita, se conmovió tanto que sentía el corazón como si fuera en una montaña rusa con bajada infinita.

El siguiente lunes, las nuevas listas con los viejos nombres volvieron a aparecer en las puertas de la iglesia. Todos fueron, aunque sólo de pasada, nomás para verificar que su nombre volviera a ser el mismo, el viejo, el raro. Sólo Balonazo no se apareció por allá, y es que él nunca cambió de nombre; como siempre le gustó el suyo, él nunca dejó de ser Balonazo.

Esa historia devolvió el ánimo a la gente. Las sonrisas nuevamente aparecieron en los rostros de los insomnes. La señora del camisón floreado fue a su casa y, acompañada por la aeromoza, volvió con unas cubetas llenas de galletas para todos y el lechero repartió vasos de leche para que las remojaran.

Mientras comían, la viejita quejona del collar de sirena volvió a alzar la mano.

—¿Qué clase de cuento es ése? Técnicamente tiene muchos defectos, yo soy vicepresidenta de una asociación de cuentistas, y sé perfectamente de lo que hablo.

Nadie le respondió. La costurera mostró a todos el dibujo que bordó del padre Juan. La viejita enojona estaba a punto de quejarse del trabajo en la tela cuando un niño de lentes se paró.

—Yo quiero contar el cuento de Araceli.

De esta forma todos dejaron de ver a la viejita y se pusieron a escuchar, muy atentos, la historia de Araceli...

Araceli

Araceli es mi mejor amiga. Ella es muy flaca y tan pálida como la carne de coco; tiene una boca pequeñísima, tanto, que sólo puede comer espaguetis y tomar bebidas con popote. Pero ella está acostumbrada porque así es desde bebé. Una vez me contó que al momento de nacer, los doctores creyeron que en lugar de boca tenía una peca y cuando bostezó pensaron que más bien se trataba de un lunar.

Por eso habla tan bajito y casi nadie puede escucharla; claro que yo sí, a mí no me cuesta ningún trabajo, tengo muy buen oído; tal vez por eso somos tan buenos amigos, ella habla y yo escucho. Todo el tiempo en la escuela lo pasamos así, nosotros dos solos. La verdad no sé qué haría sin ella.

Las cosas que me platica son siempre curiosas, pero lo que más disfruto es cuánto me hace reír al contarme alguno de sus sueños, que son siempre muy raros. Es difícil de imaginar, pero esa boca tan chica es como un gotero inagotable que expulsa los más increíbles sueños. Como el que me contó la mañana en que comienza esta historia. Un sueño que si no era el más extraño, sí fue, al menos, el que más consecuencias le trajo.

Aquella noche, Araceli se soñó en un gran campo despejado mientras en el cielo, justo arriba de ella, flotaba un enorme bombón rosado. Ella, al descubrirlo, saltaba emocionada para alcanzarlo dando brincos altísimos. Era uno de los sueños más felices que había tenido, hasta que de pronto el bombón le cayó encima aplastándola por completo. Entonces despertó sintiendo en su interior que esa había sido su más dulce pesadilla.

Por el susto, me dijo, amaneció con la frente sudada. Su perro, que dormía junto, se despertó por el grito y para ver si estaba bien. Al acercarse a la cama y tras olerla, se puso a lamerle las plantas de los pies haciéndole muchas cosquillas. Araceli se extrañó pues su perro nunca hacía eso. No fue sino hasta que se limpió el sudor de la frente cuando se dio cuenta de lo que pasaba, ¡había amanecido oliendo a bombón!

Bueno, no olía, en realidad apestaba a dulce. El olor era fuertísimo. Sus padres se despertaron por el intenso aroma y hasta le preguntaron si había desayunado bombones. Araceli no se preocupó, al contrario, tan feliz estaba que decidió no bañarse esa mañana, para llevar su olor a la escuela.

Y vaya que sí fue un éxito: de pronto todos los niños y niñas que antes no le hacían caso, ahora querían ser sus amigos. Yo, que llegué tarde esa mañana, no pude ni siquiera verla pues estaba rodeada de nuevos amigos y era imposible acercársele. Todos querían sentarse a su lado y de vez en cuando chuparle un brazo o las rodillas.

Al principio fue divertido para ella, pero después comenzó a sentirse incómoda con tanta gente a su alrededor. Por más que gritaba que la dejaran sola, nadie la escuchaba. Ni siquiera la

entendían, creían que reía o que trataba de cantar y todos se ponían a cantar para seguirle la corriente, eso sí, sin dejar de aspirar el aroma a caramelo que tenían sus dedos, o de plano arrancándole, si se descuidaba, cabellos enteros.

Yo estaba muy triste porque sin ella me encontraba más solo que nunca. Ese día lo pasé sentado en el fondo del patio. Extrañaba su voz y los sueños que ella me contaba. La comida no me sabía a nada, estaba seguro de haber perdido a mi mejor amiga.

Al terminar las clases, Araceli tuvo que ser rescatada por el conserje, pues a la salida una pandilla de perros callejeros la comenzó a lamer hasta dejarla empapada de baba.

Yo, me fui solo caminando a casa sin saber cuánto sufría Araceli. Su olor ya no le gustaba, la mareaba y empezaba a empalagarse de sí misma. Aquella tarde se bañó más de siete veces pero, por desgracia, el aroma no desapareció. Araceli lloró en voz bajísima encerrada en su cuarto; las lágrimas, en vez de saladas, le salieron tan dulces como gotas de miel.

Fue el peor día de su vida. Se fue a dormir temprano esperando que en su sueño otra cosa la aplastara. Pero nada la aplastó. Esa noche soñó que por la calle encontraba una bufanda morada. Al ponérsela en el cuello comenzaba a hablar en un idioma extraño similar al ruso; Araceli no comprendía nada de lo que decía porque no sabía ruso. Eso la angustiaba mucho y trataba de quitarse la bufanda pero ya no podía, el nudo era imposible de desanudar. Y despertó.

Al día siguiente, en la escuela, por suerte la dejaron en paz. Y es que Núñez llevó al salón un regalo que le había traído su papá del extranjero. Era un plumón con el cual, si le pintabas bigotes a alguien en una fotografía, le salían los mismos bigotes a la persona retratada. Después de probarlo con la maestra de español y ver cómo le crecía un largo bigote espiral, todos dejaron a Araceli y se fueron corriendo tras Núñez y su plumón nuevo.

Esa mañana me encontré otra vez con Araceli en el fondo del patio. Cuando llegué, ella me estaba esperando; al localizarme me miró y sonrió. Su boca parecía una luneta mordida a la mitad.

Desde entonces no nos hemos vuelto a separar. Comemos juntos mientras me cuenta sus últimos sueños. Yo, hace poco, le regalé un paquete de popotes rayados, sus favoritos. El olor sigue en ella pero ya parece acostumbrada. Lo único molesto es espantar a las moscas y abejas que se le acercan. Pero en eso yo la ayudo, estoy tan contento de recuperar a mi amiga que no me importa.

A partir de esos días Araceli se va a dormir con la esperanza de que algo distinto la aplaste en sueños. Si no es un globo con agua o un chorro de jabón, al menos algo que no huela muy fuerte, ¿qué tal que la aplasta una cebolla, caca de hipopótamo o un zorrillo? Eso podría ser peor. Mucho peor.

Esta vez, a diferencia de las anteriores, algo había pasado en el parque: la viejita enojona del collar de sirena y el lechero estaban profundamente dormidos y con sus ronquidos inundaban el ambiente. Pero aparte de ellos nadie más dormía.

—¡Qué ganas de dormir así! —exclamó el joven con la pijama de cuadros mientras masticaba una pajita—. Pero a mí todavía no me da sueño.

—Y soñar como soñaba Araceli.

—Yo una vez tuve un sueño raro como los de la niña esa —comenzó la reportera de televisión tomando la palabra sin que nadie se la cediera—. Me metía por descuido en la oreja de un gigante y de pronto aparecía en sus pensamientos, recuerdos, y en su imaginación... qué extraño, a lo mejor fue porque cené mucho, dicen que si cenas mucho tienes pesadillas. Aunque, en realidad, eso no fue una pesadilla propiamente dicha. Pesadilla la que tuve hace una semana, ¡uy no, qué cosa! Estuvo fuerte, estaba yo en una biblioteca cuando...

—¡Otro cuento! —gritó un niño desde un árbol, interrumpiendo así a la reportera para tranquilidad de todos.

—Sí —suplicó la costurera—. El niño tiene razón.

—¡Al que cuente un cuento le hago un veinte por ciento de descuento en las paletas de agua durante un mes! —anunció el paletero, que ya tenía las bolsas de su pantalón repletas de monedas.

El cuidador del zoológico, tras pagar su paleta con el descuento, se puso de pie y pidió la palabra.

—Les voy a contar la historia de una sobrina mía. Ella se llama Inés, así que yo diría que su cuento se debe llamar simplemente como ella...

Inés

Inés es la más pequeña de catorce hermanos. En su casa, es una tradición que en la Noche de Reyes aparezcan regalos para todos. Son tantos hermanos que aquello parece una juguetería. Siempre (esa es otra tradición) se abren los obsequios por edades, primero los más grandes y al último la más chica, o sea, Inés. El año pasado, una vez que los trece hermanos habían abierto ya sus regalos, sólo faltaba por desenvolver un enorme paquete. Todos se preguntaban lo que contendría. Inés tardó un rato pero finalmente pudo abrirlo. El regalo era un semáforo.

Cada uno de los hermanos pensó que Inés se soltaría a llorar porque cuando algo no le gustaba podía ser una niña muy llorona. Algunos incluso se taparon los oídos y cerraron los ojos, pero no, a Inés le encantó su regalo. Desde que lo conectó y las luces encendieron, Inés supo que sería para siempre el mejor regalo de su vida.

Más tarde (se diría que era otra tradición) todos los hermanos comenzaron a pelear: las hermanas que habían recibido muñecas las veían atropelladas por los carros de los hermanos; los que tenían soldados también sufrían porque el paso del camión de bomberos era muy lento. Entonces, Inés se puso de pie, colocó en un sitio estratégico su semáforo y organizó el tráfico permitiendo la armonía entre todos los hermanos y, sobre todo, entre los juguetes de los hermanos.

Esa noche, Inés se durmió abrazada de su semáforo. Nada la hacía más feliz que ver bajo las cobijas cómo se le prendían las luces verde, amarilla y roja, y cómo esos colores se le reflejaban en la piel.

Una tarde, al volver de la escuela, encendió su semáforo y vio que la luz roja era azul. Inés se espantó como nunca, creyó que el semáforo estaba enfermo y de inmediato se puso a llorar hasta casi inundar el departamento. En realidad se trataba de la broma de uno de sus hermanos quien lo había pintado sólo por molestar. Más tarde, él tuvo que confesar y limpiarlo hasta dejarlo normal otra vez.

Inés era completamente feliz con su regalo de Reyes, pero había un problema: la cantidad de luz que gastaba el semáforo era una fortuna. Para conservarlo, la familia debía apagar la televisión, el radio, el horno, la licuadora y las nueve computadoras que tenían los hermanos. No había de otra pues el trabajo del padre no dejaba tanto dinero.

Por tener la televisión apagada, la abuela de Inés no pudo ver el final de su telenovela favorita y se puso muy triste, tanto, que casi muere de tristeza.

Eso hizo reflexionar a Inés; pensó en deshacerse del semáforo, pero no podía, lo quería demasiado. Y mientras le daba vueltas a la idea, la cuenta de luz seguía subiendo, como un elevador que va al último piso. Lo que ganaba el papá ya

no alcanzaba. La mamá tuvo que encontrar un trabajo, e igualmente los siete hermanos mayores. Pero ni así juntaban lo necesario. En ocasiones debían apagar todas las luces de la casa para ahorrar. Y comer a oscuras. A veces los hermanos, sin querer, se pinchaban con los tenedores o en vez de pierna de pollo se comían un plátano con todo y cáscara.

A pesar de que veía la desgracia, Inés no quería deshacerse del semáforo. Aunque sabía que tenía que hacer algo,

no se le ocurría qué. Por esas fechas, otros tres hermanos entraron a trabajar y hasta la abuela halló un empleo pintando edificios.

Inés pensó que debía también encontrar trabajo y lo buscó con decisión, pero nadie le daba trabajo a una niña tan pequeña. Entonces se le ocurrió una mejor idea: puso a su semáforo a trabajar en una esquina. En el cruce de una calle donde ya habían atropellado a catorce gatos, seis perros y hasta a un viejito pelirrojo.

El semáforo lo hizo muy bien, como un verdadero profesional. Puntual como la luna. Desde el día en que llegó, en esa esquina ya no han atropellado a ningún gato, ni a un perro, mucho menos a ningún viejito pelirrojo.

Gracias a eso la familia pudo volver a comprar las cosas que había vendido: el refrigerador, las lámparas, el radio, la lavadora y las nueve computadoras. La abuela, por su parte, con lo que ganó en su trabajo pintando edificios se compró una televisión de pantalla gigante para ver mejor sus telenovelas.

Hasta hoy el semáforo sigue ahí. Los días en que Inés va a visitarlo, éste la saluda encendiendo simultáneamente sus tres luces. Cuando hay poco tráfico, Inés se lo lleva a pasar la noche en casa. Entonces, ya que está oscuro, apaga todas las luces y se mete debajo de la cobija con él. Ahí le prende las luces. Los tres colores pintan la piel de Inés y la ponen de muy buen humor. Y aunque esos días la cuenta de luz sube considerablemente, los papás no le dicen nada a su hija pues saben que el semáforo es, y será para siempre, el mejor regalo de Reyes de toda su vida.

Ahora eran muchos los dormidos. Más de la mitad. Los ronquidos y las voces de aquellos que hablaban dormidos, hacían imposible escuchar los sonidos de los grillos en el parque. Los bostezos entre los que quedaban despiertos se propagaban y contagiaban velozmente. Algunos se habían quedado dormidos en los árboles, los juegos o en la tierra; el sargento de policía, dentro de la patrulla que mantenía la sirena prendida.

Muchos tenían sueño pero también querían seguir escuchando más cuentos.

Como el sargento dormía, debió ser alguien más quien pusiera orden. La señora del delantal floreado, que estaba sentada sobre la cubeta vacía de galletas, se incorporó ayudada por la aeromoza.

—Yo conozco una historia. Y me gustaría contarla.

Ninguno de los que quedaban despiertos se opuso.

—Adelante —dijo Alberto Abascal Acevedo, quien hacía un rato que no hablaba pero bien que escuchaba.

La señora del delantal floreado inició con voz firme y segura, con la clásica voz experta que tiene todo aquel que es experto cocinando galletas...

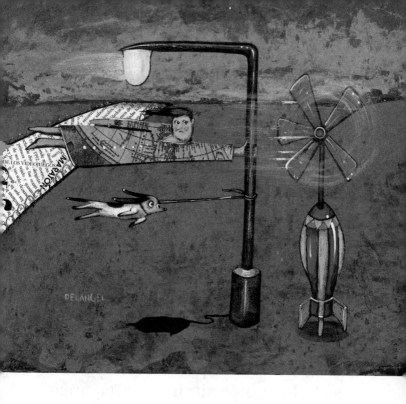

Esperanza

Este cuento inicia con una gran injusticia. ¡Una terrible injusticia! Empieza el día en que Darío Madariaga (dueño del más grande establecimiento de ventiladores del país: Ventiladores Madariaga) fue obligado a cerrar su famosa tienda de ventiladores porque en ese lugar iban a construir un restaurante de hamburguesas.

El pobre Darío estaba tan triste que prefirió mejor quitarse la vida antes de ver cómo derrumbaban su tienda. Como temía a las alturas, a las pistolas, a los venenos, a la electricidad, al mar y a los cuchillos, ideó otra forma más original de morir. De noche, se metió a su tienda, puso los más de diez mil ventiladores en las más altas velocidades y los apuntó todos contra sí; luego, encendió el interruptor.

Primero, el aire comenzó a despeinarlo, después, agitó su ropa y la piel como si fueran papel de china, más tarde lo movió de lugar y al final lo arrojó por la ventana. Volando se fue don Darío por toda la ciudad hasta que entró a un edificio por otra ventana, la del pequeñísimo departamento de Dominique Manchon, una bella mujer de origen francés que se dedicaba al cuidado y a la venta de cactus.

Dominique era una mujer sumamente supersticiosa, y en fechas recientes su comadre le había leído en las cartas que su futuro marido entraría por la ventana. Debido a eso, cuando vio a Darío, al instante se enamoró de él, y más cuando se enteró de que era el antiguo dueño de Ventiladores Madariaga; y es que ella había comprado tres ventiladores ahí y le habían salido muy buenos.

Darío también quedó impactado por la belleza de Dominique. Por un momento incluso pensó que había muerto y que un ángel lo recibía en el cielo.

Tres tazas de té después, los dos ya se habían contado sus respectivas historias de vida; Dominique habló de su infancia en la campiña francesa y de su viaje a México en barco. Confesó que estaba a punto de vender todos sus cactus porque no tenía tiempo para regarlos desde que trabajaba medio tiempo reparando toallas que no secaban. Darío habló de su pasión por los ventiladores (a los que consideraba flores mecánicas) y confesó su intento de suicidio. Dominique tuvo la idea de que Darío podía trabajar con ella regando y cuidando los cactus, una labor compleja y muy especial, sólo apta para alguien con extrema paciencia.

Al día siguiente, los chismes corrieron por la colonia y llegaron a oídos del carnicero y del fabricante de parches de rodilla para pantalón. ¡Pobres hombres! Y es que ellos tenían más de diez años enamorados de la mujer que pronunciaba cactus con el acento en la ú.

Al principio, los dos enamorados rechazados pensaron en retar a Darío en un duelo. El vencedor se quedaría con la mujer mientras que los perdedores huirían a otro país para refugiarse. Pen-

saron en varias formas de pelear pero, la verdad, ellos también temían a las alturas, a las pistolas, a los venenos, a la electricidad, al mar y a los cuchillos. Por eso mejor probaron el remedio más infalible para el mal de amores de toda la colonia: remojar en jugo de mango las siete puntas de un abanico y abanicarse por las tardes durante diez minutos. Con eso, poco a poco se evaporaría el fuerte amor que sentían por ella.

Una tarde lluviosa, después de regar un cactus enano, Darío le pidió matrimonio a Dominique. Ella, supersticiosa como era, fue corriendo con su comadre para que le leyera las cartas otra vez. Las cartas, desde luego, la regañaron por dejar esperando a un hombre tan bueno y la encomendaron a decir que sí.

El día de la boda era tan caluroso que Darío, con sus viejos contactos, mandó a traer cien ventiladores modelo XW 3500, diseños únicos, fluorescentes de noche, con siete velocidades, apuntador de dirección, calendario en varias lenguas, echador de aire frío y aire caliente. Dominique, por su parte, regaló un cactus de recuerdo a cada uno de los mil quince invitados a la ceremonia.

El cactus de su comadre, la que echaba las cartas, se perdió al día siguiente (como ella ya lo había leído en su mano ni se preocupó). El cactus del fabricante de parches para rodilla de pantalón creció dos metros de alto, dicen que gracias a las lágrimas derramadas por la pérdida de la mujer que amaba. El cactus del carnicero también creció mucho, aunque no tanto como el otro, y debió ser plantado en una maceta de mayor tamaño pues en la que venía era muy pequeña. La nueva maceta es esa misma que hoy luce colocada justo a la entrada de su establecimiento, la carnicería Esperanza.

Al fin, casi todos dormían. De hecho sólo quedaban despiertos Rogelio, Alberto Abascal Acevedo y un señor bizco. Frida estaba profundamente dormida. Ya no había necesidad de levantar la voz. El señor bizco le dijo directamente a Rogelio y a Alberto Abascal Acevedo:

—Todos han contado historias de personas, unas de niños, de niñas, y otras de adultos, de animales también, y hasta la de un dragón escuchamos, pero mi cuento es el de un termómetro.

—¿Qué? —preguntó Rogelio, pensando que el señor bizco estaba ya soñando y hablaba sonámbulo.

—Sí, de un termómetro; si me permiten, me gustaría contarla.

Rogelio volteó a ver a Alberto Abascal Acevedo pero en ese momento ya había caído dormido, así que él sería el único en enterarse del cuento.

—Me encantaría escucharlo.

Así fue que el señor bizco comenzó el cuento de...

Blurel

Tal vez usted no lo sepa, pero resulta que el ingeniero agrónomo Luis A. Bunsen guarda en su hogar una colección de más de 17 912 termómetros. Cada uno tiene un nombre y cada uno cuelga en un lugar especial mientras da la temperatura exacta. Por eso Bunsen no tiene en sus paredes ni cuadros, ni espejos, ni libros, ni diplomas: sólo tiene termómetros.

Cierta mañana de hace no muchos años, aconteció que un viejo termómetro con forma de ancla amaneció marcando una temperatura de 49 grados centígrados, mientras los otros marcaban 22. Bunsen, a punto de perder la razón, revisó al enfermo pero no comprendió lo que tenía. Por eso se fue de inmediato a consultar a un especialista.

El especialista revisó al termómetro, checó la temperatura, hizo un ultrasonido, comprobó su peso y lo midió. Al final concluyó que tenía fiebre, probablemente el mercurio estaba alto. Le recomendó a Bunsen llevar su termómetro a la clínica San Antonio, un espacio de reposo ubicado junto al mar.

Luis A. Bunsen dejó encargados al resto de sus termómetros con Brenda Bunsen, su hermana mayor. En el aeropuerto compró dos asientos de primera clase. Mientras volaban los dos, una aeromoza pelirroja visiblemente preocupada por la salud del enfermo, le regaló una sábana extra. Al aterrizar, el termómetro marcaba 52 grados cuando la temperatura era de 29. Angustiado,

Bunsen se fue derrapando hacia la clínica.

Antes de registrarse, llamó a Brenda. Temía que los demás termómetros estuvieran contagiados. Afortunadamente, ella lo tranquilizó explicándole que todos marcaban un idéntico 21 grados a la sombra.

Una vez que los enfermeros se llevaron al termómetro a su habitación, Bunsen salió a conocer a los demás residentes. Descubrió que algunos hués-

pedes llevaban ahí a sus binoculares, estetoscopios, básculas, metrónomos y microscopios.

Por la tarde, el médico habló con Bunsen en el consultorio central. Le explicó que la enfermedad del termómetro era curable si se detectaba a tiempo, y afortunadamente ese era el caso. Ellos lo tratarían con los medicamentos necesarios aunque iban a necesitar de su apoyo, ya que el enfermo requería, además de una urgente transfusión de mercurio, mucho cariño y paciencia.

Bunsen puso todo de su parte y gracias a eso, el termómetro inició su mejoría. Por las mañanas, antes de amanecer, Bunsen sacaba a pasear al enfermo a la playa para que midiera las primeras temperaturas del día. Luego, en cuanto los rayos de sol comenzaban a asomar, lo regresaba a su habitación para que descansara a la sombra, sin aire acondicionado.

Con el paso del tiempo, el termómetro volvió a marcar la temperatura correcta y llegó a ser tan preciso, que hasta los pescadores que por ahí vivían no zarpaban hasta no haberlo revisado por lo menos una vez. Todo esto devolvió confianza y salud al termómetro.

Tres semanas más tarde, sorprendido de su recuperación, el médico lo dio de alta: estaba curado por completo. Aquella noche, antes de volver a la ciudad, Bunsen y su termómetro fueron a dar un paseo por las arenas frías de la playa. Tras andar un rato se sentaron en la arena. Allá, Bunsen vio a su termómetro y comprendió, en su interior, que no sería bueno regresarlo a la ciudad; lo mejor que podía hacer era dejarlo en esa clínica al nivel del mar, ahí hacía más falta.

Por la mañana, con sus maletas hechas, Luis A. Bunsen se despidió de su termómetro. La última temperatura que le vio fueron 21 grados centígrados, que según los expertos es la temperatura precisa para dormir. En el avión, Bunsen fue atendido de nuevo por la pelirroja aeromoza, que viajaba, esta vez, de vuelta. Ella le regaló otra cobija extra y unas orejeras mientras él miraba triste hacia las nubes.

Al llegar a casa, Luis A. Bunsen agradeció a Brenda por el favor y le entregó un aceite de coco que le había traído de regalo.

De noche, una vez que se quedó solo, Bunsen fue hacia el vacío que el termómetro enfermo había dejado en su pared. Ahí observó la silueta en forma de ancla que ya nunca sería ocupada; debajo de ese espacio, leyó en una plaquita hecha con metal imitación de oro, el nombre del termómetro: Blurel... así era como se llamaba.

Los primeros rayos de sol comenzaban a asomarse en el horizante y a filtrarse entre las ramas de los árboles. La multitud dormida seguía distribuida de las formas más extrañas, como la ropa sucia tirada en el cuarto de un niño desordenado.

Tras un largo bostezo, Rogelio añadió:

—Ese fue un buen cuento para cerrar la noche.

—Sí, será mejor que nos vayamos —masculló el hombre bizco mientras se levantaba del pasto y estiraba sus piernas.

Rogelio despertó a Frida que tras dar un larguísimo bostezo, se incorporó y lo siguió. Antes de irse del parque, taparon bien a la viejita que entre sueños se quejaba de algún cuento mal contado. Luego, vieron a la costurera dormida, cubierta por una cobija hecha de cuadritos con dibujos bordados de todos los cuentos. Al final, los dos hombres se despidieron alejándose por caminos diferentes.

Rogelio volvió a su casa muy cansado. Apenas podía ver dónde pisaba. Como seguía con la pijama puesta y como las cobijas se habían quedado todas cómodamente destendidas, lo único que debió hacer fue recostarse en su cama. Desde el instante en que depositó la cabeza sobre la almohada inició su merecido descanso.

El insomnio había desaparecido. Los ocho cuentos que había escuchado seguían, sin embargo, dentro de su cabeza, moviéndose y mezclándose unos con otros, igual que un montón de luciérnagas capturadas en un frasco de cristal.

Bombones, moscas, termómetros, dragones, semáforos, cactus y niños invisibles parecían mosquitos volando alrededor de un foco encendido mientras Rogelio profundizaba en su sueño. Chocaban entre sí las distintas imágenes y al mismo tiempo se transformaban sin dejar de proyectar sombras caprichosas que permanecerían a partir de entonces y para siempre, entre sus más queridos recuerdos.

DELANGEL8

Cuentos
para una noche
de insomnio
terminó de imprimirse en 2014
en los talleres de Editorial Impresora Apolo S.A de C.V.
Centeno 150-6, Col Granjas Esmeralda,
Del. Iztapalapa, C.P. 09810, México, D.F.
Para su formación se utilizó la fuente ITC Stone Serif
diseñada por Sumner Stone en 1988.